ドゴン族の神——アンマに——

天童大人

「音」とは耳を通じて、空気を媒介にして、脳と血液を経て魂にまで伝えられる衝撃である。

プラトン『ティマイオス』六七B　北嶋美幸訳

A Dogon mask「VΘEME® DIO」Author's collection. Photo:Tendo Taijin

Anthology of Poems

To Amma,
Guardian God of the Dogon People

Tendo Taijin

Shichigatsudo

With thanks and friendship

To Yves DANA and to Bènèdicte and Paul Dakeyo

目次

ドゴン族の神――アンマに――

突き抜けきることが出来るであろうか
この晴天を
古代の宙には何が映し出され
何が見えていたのか

ここの長老たちの沈んだ瞳は
無言のまま
断崖の上から　何を見続けて来たのか

カメルーンの詩人に促され
この広場の中央にいざなわれる時
シリウス星雲から届いた透明の招待状

振り向けば　遥か遠く
地上に家々や蠢く人々が米粒のごとくに見え

目の前には座った数人の長老たちを中心に
数十人の村人たちが取り囲む

ここはアフリカ・マリ共和国
サンガ地方・バンジャガラ断崖の上
に住むドゴン族

ローマからの詩人の手から木の杖を借り
膝を折り　石板を三度　撃つ！
地を這う低い場から
アーーーーーーーーーーーーーーーーと聲を撃ち始める

ここはあの夢にまで見たドゴン！

マルセル・グリオールの『青い狐』で
知り得た古代ドゴンの世界

今もこの地の何処からか
遥かシリウス星雲に
何かを伝えることが出来るのか

東洋からの詩人は聲を
唯　聲を撃ち込み続け
しわぶき　一つしない長老たちに向かって
この時とばかりに彼らの背後の神・アンマ
に向かって語り始めると
一陣の冷たい風が　頬に吹き付けられ
ここは何処と振り返る間もなく

「キッキ　マニトウ！」

「キッキ　マニトウ！」

「キッキ　マニトウ！」と三度　奉唱せり！

三年後　セネガル・ダカール空港に出迎えてくれた
モロニの詩人が微笑みながら
「ドゴンの長老たちはテンドウの聲を完璧に理解した」
と教えてくれた

そこは遥か遠くコトバを自由に交わした「バベルの塔」以前
からの　神話が息づく世界だった

ドゴンの小さな兎の仮面

念願のドゴン族の碧い宙
に思いっきり磬を撃ち込み
木の杖をローマの詩人に返し
だれひとり立ち上がらず
静まり返ったバンディヤガラ断崖
上の広場から
高揚した気持ちで先にひとり外に出て
部落の狭い坂道を下っていくと
突然　上着の裾を引っ張られ
振り返ると
黄色い鼻水を垂らした
ひとりの澄んだ瞳の子供
が無言で差し出した
古い布切れに包まれた物
手に取り布を外すと

掌に納まる木彫りの兎の仮面
周りを見渡してもヒトの姿
も気配もまったく感じられない

この無音の時が短い
のか長いのか分からない

だれがこの子を遣わし
この小さな品物を持たせ
わたしに渡せと命じたのか

広場から下ってくる
わたしに渡すため
既に用意されていたのか

何故何のためか

小さな手に戻そうとしたが受け取らない

英語・フランス語
しまいには日本語で話しかけた
が表情も変わらず　何も答えない

コトバは通じないのか

ドゴン族の仮面の踊り
は一九八九年に世界遺産に登録され
このバンジャガラ断崖から見える下の広場
で開催されたドキュメンタリーの映像

を見た記憶が瞬時に甦ってきた
がこんな小さな木彫りの仮面
は見たことがなかった

掌のなかの小さな兎の面
をわたしにくれるということなのか
買うべきなのか
分からないまま
子供の澄んだ瞳をみながら
何故かポケットから
ありったけのお金を取り出し
小さな汚れた手に握らせている
現代人のわたし
がそこにいたが
足りたのか　不十分なのか

またお金を支払うことで
受け取ることが出来るもの
だったのかは今でも分からない

帰国後　数年して転居した
目白の家の数軒先
にドゴンの美術品をロンドン
で仕入れて販売している「古道具　坂田」が在り
或る日　店先を掃いている
御主人にドゴンの仮面について尋ねたが
小さな仮面は見たことが無い
と言うので家に取りに帰った

こんな小さなドゴンの仮面を見るのは初めてです
と手に取りながら言われた主人のコトバ

今　店は主人の体調不良から
目白から消えた
がドゴンの小さな兎の仮面
はわたしの手元に残り
日々　語りかけてくる

カイロの空

エジプト・カイロ国際空港到着
十五分前との機内アナウンスで
点灯された機内は急に騒がしく
耳慣れないコトバが飛び交い始める

招かれて初めて訪れる深夜のエジプト
窓枠から眺める月明かりのカイロの夜景
の光り輝く色とりどりの塊は世界一とか

大地の隅々まで 散りばめ　塗り込まれた
エジプト文明七千年の記憶

月明かりのなかに蘇り
旋回し傾く飛行機の窓から
川面が黒光りするナイル河を初めて見た

混雑した空港の到着口から
無灯の広場の闇に目を凝らせば
何処から湧き出てきたのか
路肩の隅々まで
白衣の男たちが並んで腰を下ろしている

街を進み　行けども信号機はなく
対向車からの光も減っていき
車が左に曲がった瞬間
突然　漆黒の闇のなか
の家々の間に光を浴びた
灰色のピラミッドを見た

三十九年前　上空から眺めた三つの四角錐

が今　目の前に突然　現れた驚き

一九八九年六月　渋谷の古書店
の棚で見つけた一冊の書物『DANA』から
未知の若者の才能を発見し日本に紹介

祖国に招くと口約束した
スイス・ローザンヌに住む
若き天才彫刻家 Yves DANA

一九六四年　日本は東京オリンピック開催
のため東京＝大阪東海道新幹線開通
羽田空港＝浜松町間のモノレール開通
都心の至る処で工事が行われ
沸き立っていた頃

DANA　五歳の或る日
突然　生地　エジプト・アレキサンドリア
から　多くのユダヤ人と共に
一家四人　全ての財産を二つの鞄に詰め
着の身着のままで母国エジプトを追放され
船でイタリア・ナポリへ脱出
そして　その後　スイスのローザンヌへ

これがナセル大統領の発令した
ユダヤ人追放政策のExodusなのか

彼を知るまで
多くのエジプト在住のユダヤ人が国を追われた
ことは　日本の学校で今まで一度も
聞いたことも　習ったことも

読んだことも無い
日本人の知らないエジプト現代史の事実

Yves DANA の名前を聞くたびに
子供の時に故郷を　国を追われること
とは何かと考える機会は増えたが
本当のことはまったく分からない

もしこの一人の若い天才を見つけなければ
未だ知りえず訪れることも叶わなかった
エジプト文明　七千年の大地の波動

カイロ郊外のスイス館

この制度は何時から出来たのだろうか

スイス政府は　一月と六月の年に二回
国内の芸術各分野から
年齢や分野に制限のない
選抜した芸術家五、六人
を半年間エジプト・カイロ郊外
に政府が借り上げた一軒の館
で自由な制作三昧の共同生活
を経験させて半年後の滞在最終日

地元の人たちをこの館に招待して展覧会
を開催し地域との親睦を深めてきた

このスイス政府の芸術家育成制度

は何時から出来たのか
日本ではほとんど知られていない

わたしも若き天才彫刻家イブ・ダナ
を一冊の書物から発見しなければ
知ることも体験すること
も出来なかったスイス政府の芸術家育成制度

この制度に選ばれたイブに招かれ
一九九六年　師走
初めてエジプト・カイロへ飛んだ

深夜遅く　冬の日本から到着
ダナの出迎えを受けた翌朝
与えられた部屋から館の外に出ると

遠くに三つのピラミッドの姿があり
二本の椰子の木の間を裸足の一人の農夫
が水牛で田畑を耕しているのを初めて見た

気温三十度
ここは本当にエジプトなのか

エジプトに行くときは
必ず招待するとダナとの口約束
が六年越しに実現した今

滞在中にスイス館で制作した
石膏作品を国外に持ち出すには
古代の遺跡物と摺り替えた密輸
を警戒したエジプト政府

カイロ市遺跡部門の検閲と許可とが必要

路上で手をあげ
停まった身動きできない小型マイクロバス
で市の中心部へ

車内で手渡す紙幣が見知らぬ男たちの手に渡り
車掌からの釣銭が手から手へ
と確実に手元に届く誠実さ

ヒトヒトたちが通路に溢れ
薄暗く狭い市役所内の小さな窓口
には紙切れを片手に
口々に叫びながら群がっているカイロ市民たち

ダナに招かれなければ決して見られない
エジプト・カイロ市役所の光景

役所での手続き終了　三日後
女性の係官が二人やって来て
書類と照らし合わせながら石膏作品
の入った木箱に割符を貼り　蝋で封印

まじかに迫った帰国のため
ダナはスイス大使館へ挨拶に

スイス館の担当大使館員は妙齢の婦人
で彫刻家ジャコメッティの友人
と建物から出てからダナが教えてくれた

その夜　カイロ市内に在るスイス館
の知人の結婚式にダナが招待されたため同行
式場にはアラブ音楽が　鳴り響き
豊満なベリーダンサーが踊った後
見知らぬ二人の門出を祝うため
ダナは音楽に合わせて踊り
わたしは昨日　赤いピラミッド
に撃ち込んだ聲を贈った

この郊外の館の住人はスイス政府
が選んだ芸術家たち
誰が何をしているのか
わたしは何も知らない

わたしがこの館に滞在できることを

誰が許可したのかは今でも謎のまま

アスワンの死の谷
やアブ・シンベル神殿も
この館からどう行って
どう戻ってきたのか
は余りにも自然なことで
今でもはっきり想いだせないのだ

聖なる地に

闇の中に異なるコトバの響き
飛び交う黒いカーテンで閉ざされた
バスは世界からの観光客で満席

前後をジープで挟んだ隊列
は砂埃　舞い上げ
アブ・シンベル神殿へ
ヘッドライトの明かりだけを
頼りに道なき道を
エンジン音を震わせ　疾走していく

この砂漠で車が故障したら
死に至るのでジープが帯同しているのだ
とスペイン語を話す乗客の聲

朝三時半起床　四時五分前
部屋の扉の前に届けられた
朝食用のバスケットを持ちフロント前に

ここはアスワン
ナイル川の畔に立つ
オールドカタラクトホテル
推理小説家アガサ・クリスティーの定宿

レストランで知り合った
ハンブルグ在住のドイツ人夫妻と共に
ホテルの玄関前でバスを待つ

影はひとつも動かず
野犬の遠吠えを聴き

古代からの静寂と索漠感とを味わう

出発して五分
通過する車両　すべてが停止させられ
検問は車両番号と人数チェック

動き出したバスの黒いカーテンの隙間
から漆黒の沙漠の地平線
に太陽が一本の朱糸の線
を引くのを初めて見た

糸が太くなるにつれて車内の気温が上昇

いくら走っても　走っても見渡すかぎり
砂ばかりの地平線を横目

に眺めながら走り続ける車に
いままで一度も乗ったことが無い

いつの間に寝たのかバスは止まり
腕時計は九時半
帽子とサングラスとを身に着け
体臭の強い白人たちに続いて
ペットボトルを手に持ち
灼熱の沙漠の踏み固まった道を歩き出した

一九六四年から四年余り
新しいアスワンダム建設のために
魂が宿る巨岩を切り分けされ
移築されたアブ・シンベル大神殿

正面に四体のラムセス二世像
の横に招くように開け放たれた扉

その先には何が有るのか

誰にも咎められずパイプ階段を登り詰めると
そこは鉄筋で組まれた神殿天頂部のドーム

人気のないのを確かめ
静かに聲を撃ち込み始めた

しかし　幾ら撃ち込み続けても
答えは返ってこない唯の空の器

この場に移設された大神殿

には古代の神々の聖なる偉大な力
は何処にも無いと今まで気付かないのは
だれも聲を撃ち込まなかったから

突然　大神殿の前に
エンジン音を響かせた客船
が姿現し乗船客が手を振りながら消えて行く
あの船は何処から来て　何処へ行くのか
日本の旅行案内書のどこにも書いていない

頭上の輝く陽の下
遮るものは何も無く
乗客の誰もが無言のままバスに乗り
ひたすら来た道を車列はアスワンに戻る

強く照り返す沙漠の遥かに見える地平線の先

突然　オアシス！　オアシス！
と同乗の若いヌビア人ガイドが叫ぶ

寝ていた乗客たちは停車した車
から我先にと熱い砂地に降り立つ

遠くに朧気に見える家々を指さし
ミラージュ！　ミラージュ！と口々に叫ぶ

これが噂の蜃気楼なら
水中に沈められた神殿を見せてくれ
と車中　唯ひとりのアジア人は呟いた

ファルーカ舟と

今日は朝から風が強いのか
窓ガラスを透して
規則正しく聞こえて来る音が有る

ホテルの窓から見える濁ったナイル河は波立ち
眼下の小さな入り江には
帆を閉じたファルーカ舟二十数隻
繋がれたまま大きく上下左右に揺れて
触れ合うたびに木の擦れる鈍い音が響く

ここはエジプト・アスワン
十二月の気候は約一万キロ離れた
日本の初夏の暑さ
師走にこの暑さを体験したこと
は今まで一度もない

一昨日はルクソールの死の谷の入り口
で路上に倒れ手足に痙攣
を起こしていたドイツ人観光客を見た

今　オールドカタラクトホテル
にスイスの友人の紹介で
アブ・シンベル神殿へ行くため三日間の滞在

目の前に見えるエレファント島
を散策したい滞在日数の短い観光客たち
は嬌声をあげて水遊びする子供
たちのプール脇のテラス
で風が凪ぐのを聲高に話しながら待っている

今日は風が強いので船は出せない
と若いヌビア人の船頭たち
が観光客たちで埋まっている
テーブルを触れ回っていた

その中の若い顔見知りの船頭の一人
が突然　大統領の息子の家を見せたい
とわたしをホテルの外へ誘った

土ほこりや落ち葉が舞う歩道
に陽射しが弱いにもかかわらず
人影は何処にも見えない

道なりに歩いて行き
突然　街路地を右へ曲がる

と一瞬に場の空気が変わり
静かな高い塀と門構えの大きな家々が並ぶ

ここアスワンはカイロの富裕層の夏の避暑地

閉ざされた門構えの大きな家の前
で若者は急に立ち止まり　指さした

一九八一年　エジプト大統領に就任した男
の異形の顔相を見て
いずれこの男がアラブの覇権
を握ると見ていたわたし

しかし　あれから十九年
栄華を誇り身内を優遇し

無辜の民を粗末にすれば
いずれ失脚への道を歩むのは世の必然
とこの大きな敷地の家
を見て密かに確信した

昨日のナイル川は穏やか
ファルーカ舟を雇い
舟底に身を横たえ
太陽の恵みを全身に浴びながら
風まかせの波の動きに身をゆだねた

時が横に交差しながら
垂直に過ぎ去るのを待つ

この世の中で

人間の本当の場所
はどこかと問うことも
いつの間にかすっかり忘れ

ここはどこ？
このわたしは誰？
と考えることも振り返ることもなく
過ごしてきた日々

時折　目を開けると
刻々　自在に変化する雲
今　この舟は何処に向かって
ゆっくり流されて行くのか

若い船頭の聲で目を開け
身を起こし辺りを見回すと
ここはナイル河の上

こうして身一つでいる今がわたしの全て
とは二度にわたる四年余り
のヨーロッパ滞在で学んだこと

オールドカタラクトのフロント
で本当にニホンジン？
ここで四年余り働いていて
フランス語を話すニホンジン
を今まで一度も見たことが無い
と笑いながら話すヌビアの若い女

プールサイドから去る気も起らず
聞こえてくる多くの異語に
耳を澄ませながら

わたしは誰かと尋ねているわたしが
今　ナイル河の畔に佇んでいる

重たい色

重たい色をした湖水が
もう
見えて来る筈だった

降りかさなった雨水が
低地の砂地を抉って
溜められた貴重な貯水

しかし　今　目の前には
ただ巨大な穴
獣たちの夥しい白骨が
積み重なり
放置されたまま

あの重たい色をした濁水も

この激しい陽射しが続く日々の下で
消えている

見渡す限りのこの荒野
獣たちは飲み水
をどこで得ることができるのか

乾季の砂漠の中
動く物は何ひとつ見えない
ヒトは何処で渇きを
癒すことが出来るのか

濁っていても良い
水が欲しいのだ
この赤い砂漠のなかでは

Bine・Bine

窓の隙間から差し込む月光り
微かな風と共に部屋に滑り込む
何処に沈んでいた香りなのか

白いシーツの上
健やかにのびる淑やかな黒い肢体
遠目には誰にも分からない

Bine・Bine

微かに腰を動かす度に
触れ合い沸き立つ

Bine・Bine

決して他人には
見せてはいけないもの
誰にも見せられないもの

Bine・Bine

静かなベッドで産みだされる音
の調べを聴く
と男と女との愛の営み
の深さが分かるとか

Bine・Bine

ここセネガルの人たちに
この密かな楽しみがあるのは

イスラムの隠された伝統なのか

Bine・Bine

揺れる車中
恥じらいながら
聲を落として教えてくれた美形の詩人
の握りしめた掌のなかに
強い香りを塗り籠めた黒い Bine・Bine

これが本当の Bine・Bine なのか
彼女の原色鮮やかな括れた衣服の内に
巻きつき擦れ合い見えぬ

Bine・Bine
から　一瞬　烈しく触れ合う音が聴こえた

モーリスの塩田

インド洋のモーリス島で
一九七二年以来
もう日本では滅多に
見られない塩田を見つけた

海水を天日に曝し
土溜まりのなかに
盛り上がった天然塩が見え
指で舐めてみると
にがりの強い塩味が
口の中にひろがる

人の姿は辺りには見当たらず
目の前の剥がれた看板
の粗末な雑貨屋

埃が貯まった棚の奥に
日本で売れなくなった
汚れたラベルの「味の素」が一本
遺跡のように
大海原の中のこの小さな島
にひっそりと立っていた

狭い棚を隅々まで見たが
他の日本製品は何処にも無い

帰途　空港で旅行鞄から出て来た
白いビニール袋
を咎められたが
塩のお金と言ったら

税関の職員は微笑みながら
鞄に戻してくれた

マリの古代貨幣

緩やかな流れ
の茶色のニジュール川の船着場

対岸からの渡し舟を待つ
買い物袋を持つ多くの客たち
が座っている待合室

水の流れに沿って並ぶ
バラック建ての店先や
路上に並べられた色とりどりの
野菜や果物などを
指さし　手に取り
買いながら時間を過ごす

露天の台に盛り上げられ

嘗て金の値段と比べられた
高価なサフラン
を自分のために三〇グラム買った

或る一軒の店先に
丸や四角に切り取られた茶色
の塊が積み重なって置かれていた
これがマリの塩
古代の貨幣

いちどは見過ごした
がカメルーンの詩人に頼んで
福岡の寿司屋へ贈るために
小さな塊を買った

異なった響きのコトバ
を話している彼らに
強い日本語で話しかけながら
汚れたしわくちゃの紙幣を渡す
と店の奥から重い品物
が確実に手元に届いた

コトバの波動の不思議さを
またマリでも知らされた

揺れる黒

セネガルの首都ダカール
から約四時間余り
二千年に世界遺産に登録された
サン＝ルイ島までの街道
を隊列を組み
土埃をたてて通り過ぎる
色とりどりの車
の額縁の中

所どころ細い手足
を思いっきり天空に伸ばした木々
はこのアフリカの渇き荒れた大地で
古代から何を見続けて来たのか

木々の先が捉えた黒い塊

が風に揺られ点々と見えている
宿り木なのか

良く見るとそれはヒト
が投げ捨てた黒のビニール袋

この人気のない荒地まで
何処から飛んできたのか

でも誰も取り除かない
だからまだまだ今でも

増殖し続ける黒い大陸・アフリカ

詩集　ドゴン族の神――アンマに――

二〇二一年八月三〇日　発行

著　者　天童《てんどう》　大人《たいじん》
発行者　知念　明子
発行所　七　月　堂
〒一五六―〇〇四三　東京都世田谷区松原二―二六―六
電話　〇三―三三二五―五七一七
FAX　〇三―三三二五―五七三一
印　刷　タイヨー美術印刷
製　本　あいずみ製本

Printed in Japan
ISBN 978-4-87944-451-6 C0092

〈著作・パフォーマンス　一覧〉

詩集

一九八一年『玄象の世界』天童匡史、装画：森下慶三　永井出版企画　再版・一九八二年。

一九八四年『即興朗唱詩　大神　キッキ・マニトウの世界（草稿詩篇Ⅰ・Ⅱ）』北十字社。

一九九五年『エズラ・パウンドの碧い指環』北十字舎。

一九九七年『即興朗唱詩集　大神キッキ・マニトウ』（一部仏訳）北十字舎。

一九九七年『玄象の世界抄』（スペイン語訳付）北十字舎。

一九九九年『Rosso di Maggio（赤い五月）』（日本語訳付）Edition Servenini（ミラノ・イタリア）。

二〇〇六年『EL VIENTO DE DAKAR（1978-2005）ダカールの風』（西班牙語・日本語訳（Traductor al espanol par Jona y Tobias Burghardt）白凰社。

二〇一五年『長編詩　ピコ・デ・ヨーロッパの雪』「詩人の聲叢書」第一巻　響文社。

二〇一九年『VΘEME®』「Le live d'argile」叢書　第二十巻（フランスの陶芸家 Marie Jose と陶板詩集を共作、企画：Jean-Claude VILLAIN）。

二〇二〇年『長編詩　バビロン詩編』七月堂。

編著

一九八四年『北の鳥のいる書票集』版画・大島龍著 編集人・天童匡史 書肆ひやね。

二〇一九年 稲葉真弓選詩集『さよならは、やめときましょう』「詩人の聲叢書」第六巻 編集・天童大人・神泉薫（響文社）。

翻訳

一九八六年『ロルカ・ダリ』アントニーナ・ロドリゴ著、共訳、六興出版。

翻訳詩集

二〇〇二年 仏訳撰詩集『LA VOIX DE LA TOUR（POEMES SELECTIONNES）一九七八～二〇〇一』（Traducteur Akira Ezawa）（Edition privee、再版二〇〇三年）。

二〇〇五年 英文撰詩集『The Wind of Dakar, Selected Poems 一九七五—二〇〇五』（Translated by Stephen Comee）Private edition。

二〇〇七年 英文撰詩集『On One Kind of "Truth"-Selected Poems 1979 ～ 2006-』（Translated by Stephen Comee）Private edition。

二〇一四年 英文撰詩集『Refugee Island -Selectes Poems（1985 ～ 2014）』（Translated by Stephen

Comee）北十字舎。

アンソロジー集

一九八四年　冊子「北ノ朗唱」（吉原幸子・吉増剛造・天童匡史・熊代弘法・大島龍・藤田民子協力：ＴＤＫ東亜国内航空）。

二〇〇一年『Encontro de Talabriga 3.0 Festival Internacional de Poesia de Aveiro』。

二〇〇四年『Poesie und Kunst 4. Internationales Festival al-Mutanabbi der Poesie』（Zurich und Bern）。

二〇〇五年『ANTHOLOGIE "PAROLES PARTAGE' ES"』（Dakar' SENEGAL）。

二〇〇六年『Yapanchitra』（Kolkata' India）。

二〇〇七年『Avoir Vingt Ans』（meeting No5,Saint-Nazaire cedex, France）。『tokyo/luanda』（revue bilingue No.11 meet, Saint-Nazaire, France）。

二〇一〇年『詩のアンソロジー』国際ペン東京大会２０１０記念・社団法人日本ペンクラブ。

二〇一七年『韓中日　詩選集』（韓国）。

『韓中日　記念文集』（韓国）。

二〇一八年『DHAKA ANTHOLOGY OF WORLD POETRY 2018』（Adorn Dhaka）。

二〇一九年『Peace for Afrin, Peace for Kurdistan』。

写真集

一九九一年『DANA』（写真：天童大人・小島光晴、国際教育学院文化事業部刊）。

オリジナル版画集

一九九七年『TERZINA Ⅷ OHDOBI d: TAIJIN-TENDO（SANDOJIN）』限定一二〇部（全十二巻）
Editioni d'ArtSEVERGNINI（ミラノ・イタリー）。イタリーから版画デビュー。

二〇〇〇年『Letter Scape®』Editioni d'Art SEVERGNINI（ミラノ・イタリー）限定五六部。

ポートフォリオ

二〇〇一年『Letter Scape®』Edizioni d'Art SEVERGNINI（ミラノ・イタリー）。

CD

二〇〇四年『UNIVERSAL VOICE®』レユニオンの詩人 Anie Darencuere と。北十字舎。

二〇二〇年『ピコ・デ・ヨーロッパの雪』漉林書房。

VIDEO

一九八九年　字・聲集『天童大人（三童人）字・聲・身体の三位一体による大神・キッキマニトウの世界』キャマラード・キグネウス。

映画出演

一九九四年「修羅の帝王」（高橋伴明監督作品）。
一九九五年「セラフィムの夜」（高橋伴明監督作品）。

校歌作詞

二〇〇三年　愛知県春日井市立丸田小学校。

ラジオ

一九九一年「天童大人の魂の時間がやってきました」（J-WAVE）五月。全十回放送。
二〇一八年　第二八回「神泉薫のことばの扉」吉田一穂「母」、「曙」、「泉」、「海郷」、「古いオルゴール」、「少年」を聲に乗せる。調布FM、一月十三日放送
第二九回「神泉薫のことばの扉」で、自作詩作品「難民島に」を聲に乗せる。調布FM、

一月二十日放送。

第三〇回「高橋嘉子の七色カフェ」調布FM、一月二十七日、第三一回、二月三日、第三二回、二月十日、第三三回、二月十七日放送。

二〇一八年　「V⊙EME®！現代の詩の聲とコトバを聴く　V⊙EME®」調布FM、天童大人・神泉薫共同制作。その後、YouTubeにて、視聴可能。（二〇一八年七月四日〜二〇一九年六月二十六日、全五二回放送。）

第一回、友理、七月四日、十一、十八、二十五日、第五回、禿慶子、八月一日、八、十五、二十二日、第九回、稲葉真弓、八月二十九日、第一〇回、菊田守、九月五日、十二、十九、二十六日、第一四回、竹内美智代、十月三日、十、十七、二十四日。第一八回、天童大人・神泉薫、十月三十一日、第一九回、紫圭子、十一月七日、十四、二十一、二十八日、第二三回、北原千代、十二月五日、十二、十九、二十六日。

二〇一九年　第二七回、照井良平、一月二日、九、十六、二十三日、第三一回、稲葉真弓、一月三十日、第三二回、天童大人、二月六日、十三、二十、二十七日、第三六回、神泉薫、三月六日、十三、二十、二十七日、第四〇回、筏丸けいこ、四月三日、十、十七、二十四日。第四四回、天童大人 et Annie Darencourt と共に。五月一日、八日、第四六回、稲葉真弓、五月十五日、二十二、二十九日、第四九回、高橋睦郎、六月五日、十二日、第五一回、白石かずこ、六月十九日、二十六日。

テレビ

一九八七年　土曜インタビュー「北ノ朗唱」（ＮＨＫ総合）二月二十八日。

YouTube

二〇二〇年「アートにエールを！」（東京都庁主催）に参加。VOICE「詩人の聲」制作：北十字舎、Cache-cache d'Art（自由が丘）。参加詩人：禿慶子・照井良平・友理・勝嶋啓太・乙益由美子・長谷川忍・神泉薫・横井りさ・天童大人。十月。

Film

二〇〇八年『Le GUETTEUR -Voyage avec Tendo Taijin Poète improbable』Poème filmè d Aymeric de Valon 五十分。

肉聲

一九六六年　文化学院文科卒業謝恩会（ヒルトンホテル）で、フラメンコギターラを志す級友白土征彦のギター伴奏で、自作詩を肉聲で即興朗唱。数ヶ月後、その時の聲を恩師の国文学者加藤守雄と評論家で文科科長の戸川エマ両先生に、記憶に残っていると言われ、自分の「聲の力」に気が付く。三月。

一九七三年　スペイン、ピレーネ山頂で、「太陽の啓示」を受ける。七月。

一九八三年　季刊雑誌『手紙』（文化出版局刊）創刊号の依頼原稿を受取りに、英文学者・壽岳文章先生の向日居を訪れ、「字」を認められ、所望されて「聲ヲ発シ」、「肉聲」と「字」とについて、直に空海の言葉の教示を受け「肉聲」に開眼。五月。

一九八七年　来日中のケネディ・センター、パフォーミングアーツの専門家、ジリアン・プール女史が、東京で開演中の天童大人即興朗唱会（日辰画廊・銀座）で、天童の肉聲を聞き、彼の聲を「UNIVERSAL VOICE®」と命名する。九月。

一九九〇年　東京のアメリカ大使公邸での大使主催のパーティーにて、一三年前、パリ在住時に、リサイタルで、聲を聴き、一度、レッスンを受けたいと願っていたソプラノ歌手ガリーナ・ヴィシネフスカヤに出会い、希望を話す。一月。

ジリアン・プール女史の推薦で、ザルツブルグにてガリーナ・ヴィシネフスカヤ教授（チェリスト・ロストロポーヴィッチ夫人）のマスタークラスのオーデションにて則興朗唱を行い、マスタークラスを受講 七月。

受講中、八〇〇枚余りの写真を撮り、「毎日グラフ」に写真家として「不出世のオペラ歌手ガリーナ・ヴィシネフスカヤの素顔」を発表。九月。

個人朗唱会

一九八一年 「朗唱デュオ」（荻窪・グードマン）浅野昭一（b）と共に。四月。

「うたとおん――原始からのゆさぶり――詩とパーカッションの出会い」越智義朗（p）と共に。（ナーム・原宿）九月。

朗唱会「天童匡史の玄象の世界・I・II」（ストライプハウス美術館・東京）。十一月。

一九八三年 朗唱会「北陸路に謳う」（無言歌、香林坊、金沢）六月。

「奉納・天童匡史即興朗唱 in 対馬（和多都美神社・対馬）。八月。

「朗唱空間・盲僧琵琶法師・検校福貴島順海と共に―玄象の世界―」（鹿児島市中央公民館・

鹿児島市）十二月。

一九八五年　「スペインの聲・日本の聲―フラメンコと朗唱と肉聲による初めての出会い―」共演：マヌエル・アグヘータ（カンテ）（ギャラリー21、銀座・東京）一月。

一九八七年　「天童大人・即興朗唱会　連続三夜」（日辰画廊・銀座）九月。

一九八八年　天童大人即興朗唱公演「聲と字によるI大神・キッキ・マニトウの世界」（ストライプハウス美術館・東京）十月。

一九八九年　「天童大人即興朗唱 in 金沢」（金沢国際ホテル、町民文化館・金沢市）一月。

一九九一年　「天童大人即興朗唱 in 甲府」（リリック・甲府　主催・遊藝舎　一月。
即興朗唱公演「天童大人即興朗唱 in 桶井川」（M.Bouvier 宅）。五月。
天童大人朗唱 in YOKOHAMA「聲ノ輪」（S．T．スポット・横浜）六月。
朗唱会「聲乃師」。（ギャラリー・フレスカ、新大久保・東京）を開催。十月。
「森と湖からのメッセージ」（ふるさと芸術村・藤野・神奈川県。）

一九九二年　「天童大人則興朗唱 in 福岡」（スタムティッシュ・福岡）。十二月。
兎小舎（築地・東京）で第一回「天童大人即興朗唱公演」を、スウイング・ボールを用いて一九九五年十一月の第三三回まで毎月連続公演。

一九九三年　イタリア・ミラノ在住の画家 KEIZO（森下慶三）個展、オープニングパーテで即興朗唱。

（天壽園・新潟市）。一月。

金学鉄氏、歓迎レセプション会場にて、即興朗唱を行なう五月。

「ライブ　感性の実験場―聲の波動―」に出演。「トークセッション「聲を探る」テナー歌手丹羽勝海と」（P3・四谷・東京）九月。

「収穫祭記念講演会」（大潟村あきたこまち生産者協会主催・大潟村村民センター・秋田県）十一月。


一九九四年　「炎遊会創立一五年記念」に、ゲスト出演（メルパルクホール・横浜）三月。

「CH Harvest Home'94」に、出演（主催　資生堂、横浜ロイヤルパークホテル・横浜市）七月。

「天童大人即興朗唱公演 in 福岡―天ノ一角カラ響ク―」（九州キリスト教会館・福岡）十一月。

一九九五年　「UNIVERSAL VOICE® 公演 in 北見、―魔性の聲―」（主催・IMA-TIK の会スナック蝶々・北見市）二月。
「天童大人 Universal Voice 公演 in KUSHIRO」（榮町会館・釧路市）。三月
築地、兎小舎十周年記念企画、UNIVERSAL VOICE® 公演「聲とことばとの記憶から」出演、天童大人　ゲスト：大島清（京都大学名誉教授）。十月。

一九九八年　詩集『エズラ・パウンドの碧い指環』出版記念朗唱会「天童大人UNIVERSAL VOICE®
聲の公演会」（アクロス福岡・円形ホール　福岡）十二月。
二〇〇二年　「即興朗唱の会　天童大人　縄文三内丸山に発スル」（舞踏・福士正一）を三内丸山遺跡
大型住居に於いて行う（青森市）。七月。
二〇〇三年　イタリア・ヴェローナの「春の詩祭ーオマージュ　ロベルト・サネージー」（主催　ヴェ
ローナ文芸家協会）に招待され、アレーナ・デ・ヴェローナ（野外闘技場）で日本人唯
一の単独公演「聲ノ奉納」を挙行　三月二十一日。
フランソワ・ミッテラン情報館（レユニオン・フランス）からの招待で第七回カリグラフィ
展に参加。（個展及び字のワークショップ、単独朗唱会を開催）九月。
二〇〇四年　「サタデーズ二周年記念自作詩朗読イヴェント」（新宿）で開催　九月。
二〇〇五年　「サタデーズ三周年記念自作詩朗読イヴェント」（新宿）で開催　九月。
天童大人朗唱会「聲ノ力ヲ」（ストライプハウスギャラリー）で開催。十月。
二〇一一年　「第二回天童大人　詩の声　声の詩」（カフェ＆ギャラリーミュゼ、主催詩朗読グループ
「漣」、金沢市）十一月。
二〇一二年　「スペイン・ピレネー山脈で「太陽の啓示」を受ける〈ユニヴァーサル・ヴォイス〉の天
童大人、神戸にやって来る！」（スペイン料理カルメン・神戸市）に出演。二月。

「天童大人　肉聲の世界」（神戸文学館・神戸市）で開催。四月二十日。
「天童大人　UNIVERSAL VOICE® in 神戸公演」（神戸長田区　正法寺：本堂で開催。四月二十一日。

二〇一五年　「天童大人朗唱会」（茶廊法邑・札幌）九月。

二〇一九年　「天童大人　詩人の肉聲とコトバとを聴く、アートパフォーマンス」白石齊・白石孝子二人展の開場にて開催。（Artspace テトラヘドン、岡山市）五月十七日。
「詩人・朗唱家 天童大人 VΘEME® 公演　UNIVERSAL VOICE in 大分」主催：公益財団法人森林ネットおおいた。大分県県民の森　森林学習展示館前。十一月九日。

グループ朗唱会

一九八〇年　第二回「詩の隊商―北へ！」に参加。七月。
第一回「天地にものおもう詩人たちの朗唱会」（銀座・ローレライ）十月。

一九八一年　「北の詩人たち展」（銀座・ギャラリートーシン）を企画。木彫出品及び朗唱イヴェント参加。三月。

イヴェント朗唱会（ストライプハウス美術館主催、東京）に参加。六月。

一九八三年　「琴古流宗家川瀬順輔の世界」に、朗唱客演。十月。

一九八四年　詩人吉増剛造を誘い、（三年目から高橋睦郎が参加）、道内外から多くの詩人達が参加して、肉聲の復権を求めるため、冬の厳寒期の北海道を巡る「北ノ朗唱」ツアーを十年間開催。（協力：ニッカウヰスキー、東亜国内航空、バジェトレンタカー）二月。

一九八五年　「詩人白石かずこ天童匡史」夢の庭主催（スペース桐里・大田区）十一月三十日。

一九八六年　「日本ジャズ蔡 in 越前高田」（主催：プレイ音楽実行委員会）に、朗唱出演（大島龍・北村ヒロシ）。八月。

一九八八年　朗唱会『詩の夜ースピリット・ボイス』（町民会館・金沢市）に出演。十月。

一九八八年　第一回「南の朗唱 in 福岡、壱岐島」（c・m・b・福岡）を高橋睦郎・伊藤比呂美の三人で始める。十一月。

一九八九年　「ポエムリーディングの夕べ」（STUDIO130, 大塚ホーラム・東京）一月から一九九〇年九月まで、全五〇回をプロデュースする。

第一回「ことばと声の詩まつりー詩人による詩の朗読（郡馬音楽センター・高崎市）に出演。四月。

「玉野黄市、東京に舞う」に、千野秀一（シンセサイザー）と共に即興朗唱出演（ブルースアレイジャパン、目黒・東京）六月。
「詩の夜・SPIRIT VOICE MATSUYAMA」（アオイ・ホール・松山市）で、白石かずこと共演、（松山市・愛媛県）九月。
第二回「南の朗唱」（c・m・h、福岡）高橋睦郎・伊藤比呂美の三人、十一月。
「ハリー収穫祭」（詩誌「ハリー」同人主催、バルバカン・銀座・東京）同人詩人：鈴木ユリイカ・国峰照子・坂本若葉子・征矢泰子・山根真一・難波律郎・高木秋尾・中本道代・中川千春・天童大人・田中保子・川口亮　参加者：小田久郎・長谷川龍生・浜江順子・その他多数　十二月。

一九九〇年　第三回「南の朗唱」（c・m・h、福岡）高橋睦郎・伊藤比呂美の三人、十二月。

一九九一年　「森と湖からのメッセージ」（ふるさと芸術村・藤野・神奈川県）。

二〇〇二年　『泉鏡花文学賞三十周年記念ー第三回泉鏡花フェスティバル　アートコラボレーション「胎動する迷宮」』（金沢市・アートホール）に出演。一一月。

二〇〇二年　詩人 Annie DARENCOURT とCD制作のライブ公演をクレオール歌手 Gilberto POUNIS と Mitchko（g）との協力で開催。（レユニオン・フランス）十二月。

二〇〇四年　「朗読フェスティバルー語りの系譜—」本阿弥書店　創立二十周年記念企画・主催、参加者：長岡輝子・白石かずこ・福島泰樹・天童大人・東直子・永田千絵・庵進・荘魯迅・

坂麗水・辻桃子（日本大学カザルスホール、東京）三月三十一日。

二〇〇七年　「詩の朗読の夕べ」（プロデューサー・小林尹夫）、で詩作品「もう一つの真理に」一篇を読む。（熊本市現代美術館・熊本市）四月。

二〇〇八年　クリスマス懇親会で「公演と朗読」を行なう。（ドイツ料理店ツアディーレ、主催：先端医療推進機構・先端医療ネットワーク懇話会、名古屋市）十二月。

二〇〇九年　MMW朗読会（三井喬子・紫圭子・若山紀子）主催、「詩の声／声の詩／季節の詩人たち」、及び「懇親会／長谷川龍生さんと天童大人さんを囲んで」に招待参加（つちやホテル、名古屋市）二月。

二〇一〇年　「国際ペン東京大会2010記念公演朗読会」（大隈講堂小ホール、京王プラザホテル）を、プロデュースする。

二〇一一年　「言葉を信じる 春」（会場：日本近代文学館ホール・駒場）主催「言葉を信じる」実行委員会に参加。天沢退二郎・石牟礼道子・稲葉真弓・小池昌代・白石かずこ・高貝弘也・高橋睦郎・たなかあきみつ・田中庸介・天童大人・田原・平田俊子・四元康祐・和合亮一　四月。

「言葉を信じる　夏」（会場：日本近代文学館ホール・駒場）に参加。稲葉真弓・伊武トーマ・坂上弘・関悦史・高野ムツオ・高橋睦郎・財部鳥子・天童大人・野谷文昭　七月。

「言葉を信じる　秋」（会場：日本近代文学館ホール・駒場）に、参加。池澤夏樹・伊藤比呂美・稲葉真弓・白石かずこ・高橋睦郎・天童大人。十月。

「Poetry Reading and Culture Stage—京都に生きる—」（安森ソノ子・舞苑会主催）（ひと・まち交流館二階・京都）十一月十三日。

「言葉を信じる　冬」（会場：日本近代文学館ホール・駒場）に、参加。稲葉真弓・・大島龍・斉藤斎藤・白石かずこ・高橋睦郎・・津島佑子・天童大人・・山崎佳代子・結城文　十二月。

二〇一二年　第二〇回丸山薫賞授賞式（豊橋市・愛知県）で、豊橋市の依頼で、丸山薫詩作品「詩人の言葉」、「水の精神」の二編を、聲に乗せる。（ホテルアソシア豊橋、豊橋市）十月。

二〇一三年　「日韓対訳詩アンソロジー『海の花が咲きました』」記念朗読交流会：主催・詩誌「宇宙詩人」（つちやホテル・名古屋）に参加。詩作品「難民島に」を、聲に乗せる。九月。

Projet「La Voix des Poètess（詩人の聲）」一〇〇〇回記念公演をプロデュースする。（資生堂銀座ビル三階　花椿ホール　銀座・東京）十月十三日。

第二一回文芸トークサロン「肉聲と文芸と」詩人・作家稲葉真弓と対談。日本文藝家協会主催（東京）十一月十五日。

二〇一四年　第一回「北ノ聲」（苫小牧・小樽・札幌に参加。）十月。

二〇一五年　「北の宙に、肉聲を響かせる！—「目の言葉」から「耳のコトバ」へ—」天童大人・紫圭子（風来山人・北見市）六月。

二〇一五年　第二一回「クロコダイル朗読会」（浜江順子主催）に、招待参加。天沢退二郎・杉本真維子と鼎談、と朗読（渋谷・東京）十月。

二〇一五年　『三好豊一郎詩集』出版記念会（ホテルグランドパレス・九段下・東京）。三好豊一郎詩作品を聲に乗せた。八月。

（その他、多くの朗読会に参加多数あり）

「国際詩祭」招待参加記録

一九八三年　『桜祭り』（シアトル桜祭り実行委員会、シアトル、アメリカ）に招待参加。詩人大島龍と共に。三月。

一九九七年　第七回メデジン国際詩祭（コロンビア）に、国際交流基金の助成を受けて招待参加。七月。

一九九八年　「キューバへの移民一〇〇周年記念、詩人交流会」（ハバナ・マタンサス、キューバ）に招待参加。九月。

二〇〇〇年　第一回即興詩人インディォ・ナボリ国際詩祭（マタンサス大学・マタンサス、キューバ）に、国際交流基金の助成を受けて参加。マタンサス大学ギャラリーで「字」の個展を開催。八月。

二〇〇一年　第三回ダカール国際詩祭（セネガル）に招待参加。十一月。

第五回アフリカ・マダガスカル巡回国際詩祭に招待参加。九月。

第三回アヴェイロ国際詩祭（ポルトガル）に招待参加。十月。

二〇〇二年　ヴェローナ（イタリア）「春の詩祭―ロベルト・サネージ頌―」（ヴェローナ文学者協会主催）に招待参加。アレーナ（野外闘技場）で、日本人唯一の単独公演を挙行。三月二十一日。

第六回アフリカ・モーリス巡回国際詩祭に招待参加。六月。

二〇〇四年　第七回アフリカ・マリ巡回国際詩祭に招待参加。ドゴン村を訪問。二月。

第二回ピストイア国際詩祭（イタリア）に招待参加。六月。

第四回アリ・ムタナピ国際詩祭（チューリッヒ）に招待参加。六月。

第一二回ロザリオ国際詩祭（アルゼンチン）に招待参加。十一月。

二〇〇五年　第三回ウエリントン国際詩祭（ニュージランド）に俳人夏石番矢と共に国際交流基金の助成を受けて招待参加。十一月。

二〇〇六年　第四回フィレンツェ国際詩祭（イタリア）に、ジャパンフェスト日本委員会の助成を得て招待参加。六月。
第一四回ジェノヴァ国際詩祭（イタリア）に、詩人・白石かずこと共に、ジャパンフェスト日本委員会の助成を得て招待参加。六月。
二〇〇七年　第三回カラカス国際詩祭（ベネズエラ）にベネズエラ政府から招待参加。七月。
第一〇回アフリカ・サン＝ルイ巡回国際詩祭（セネガル）に国際交流基金の助成を受けて参加。五月。
M・E・E・T二十年記念企画（サン・ナザール市主催。フランス）の「文學・シンポジウム」に平野啓一郎、池澤夏樹等と共に招待参加。十一月。
二〇一〇年　第四回アフリカ・ベナン・フランス語圏国際詩祭に、国際交流基金の助成を受けて、招待参加。三月。
二〇一三年　第二回バビロン国際芸術・文化・詩祭（イラク）に、招待参加。五月。
二〇一四年　第一回Sky of Chirdrenイラン国際詩祭(テヘラン・アバダン、イラン)から招待参加。九月。
二〇一七年　「韓・中・日、東アジア国際詩祭」（ソウル・平昌、韓国）に、招待参加。九月。
二〇一八年　ダッカ、国際詩人サミット２０１８（バングラディッシュ）に招待参加。一月。
二〇一八年　第一三回ブエノスアイレス国際詩祭（アルゼンチン）に、国際交流基金の助成を受けて、

二〇一九年　第五回ワインと詩のラホビック国際詩祭（コソボ）に、招待参加。六月。

詩人の聲

二〇〇六年　天童大人プロデュース　アートパフォーマンス Projet La Voix des Poètes（詩人の聲）
「詩人の聲」は、肉聲の復権を目指す企画で、二〇〇六年十月十三日、日本の聲の先達詩人白石かずこの聲から口火を鑽り、名前を四度変え、画廊などの協力を得、内外一八〇名余りの詩人・作家・歌人・俳人・美術評論家・シンガーソングライター等の参加を得て、二〇二一年八月三十日迄に、二〇〇二回を刻み、全回をプロデュース。（現在も継続中）

聲ノ奉納

一九八三年　天童匡史「聲ノ奉納 in 対馬・和多都美神社」（対馬・長崎県）挙行。八月。

一九九〇年　第一回「天童大人 聲ノ奉納 in 対馬・和多都美神社」を挙行 協力・ニッカウヰスキー参加者　蕪木寿・田中保子・川口亮。　五月。
以後、毎年、五月か六月の新月の日に挙行。
一九九一年　福岡・宗像神社・高宮にて「聲」を奉納。二月。
文学者壽岳文章先生との約定にて、大和・三輪山山頂にて「聲ノ奉納」を挙行。六月。
東京・赤坂日枝神社で奉納朗唱を挙行。四月。
奈良・三輪山山頂にて聲ヲ発スル。五月。
一九九九年　第一〇回　新月「聲ノ奉納　十周年記念公演」を挙行。福岡県中小企業課同友会・明石智津子以下会員、四一名同行参加。五月。
「株式会社白香苑　創立十周年記念公演 天童大人 聲ノ奉納」（久留米市・福岡県）六月。
二〇〇五年　第一六回　新月「聲ノ奉納」を挙行。五月。同行者、漫画家・萩尾望都。
二〇〇六年　第一七回　新月「聲ノ奉納」を挙行。五月。
二〇〇七年　第一八回　新月「聲ノ奉納」を挙行。降る雨を止めた。同行者、映像作家 Aymeric de Valon（フランス）が参加し、フィルムを制作。六月。
二〇〇八年　第一九回　新月「聲ノ奉納」を挙行。
二〇〇九年　第二〇回　新月「聲ノ奉納」を挙行。参加詩人有働薫、杉原梨江子、同行者、画家・国井節、伊賀久美子（日本語教師）。六月。
二〇一二年　第二三回　新月・金環日食「聲ノ奉納」を挙行。参加詩人紫圭子、原田道子、竹内美智代、細田傳造。六月。
二〇一三年　第二四回　新月「聲ノ奉納」を挙行。同行詩人紫圭子。六月。
二〇一四年　第二五回　新月「聲ノ奉納」を挙行。参加詩人紫圭子、原田道子、福田知子。五月。
二〇一五年「中学生への朗読会」（対馬市立豊玉中学校）参加詩人紫圭子・友理・西端静（イタリア語）、マリオン・ゼッテコルン（ドイツ語）五月十八日。
第二六回　新月「聲ノ奉納」を挙行。参加詩人紫圭子、友理、同行者、西端静・マリオン・ゼッテコルン。十八日。
高千穂神社に、聲を奉納。同行詩人紫圭子。十九日。
二〇一六年　第二七回　新月「聲ノ奉納」を挙行。参加詩人紫圭子、神泉薫、秦ひろこ。六月。
日向、大御神社・鵜戸神宮にて「聲ノ奉納」を挙行。同行詩人紫圭子。
高千穂神社に聲を奉納　同行詩人紫圭子、神泉薫、秦ひろこ。
二〇一七年　第二八回　新月「聲ノ奉納」を挙行。参加詩人紫圭子、神泉薫。五月。
日向、大御神社・鵜戸神宮にて「聲ノ奉納」を挙行。同行詩人紫圭子、神泉薫。
高千穂神社で、「聲」を奉納。同行詩人紫圭子、神泉薫。

二〇一八年　第二九回　新月「聲ノ奉納」を挙行。参加詩人紫圭子。五月。

初めて沖縄を訪れ、久高島に聲を撃ち込む。同行詩人紫圭子。

二〇一九年　第三〇回記念「天童大人　聲ノ奉納 in 対馬・和多都美神社」を挙行。参加詩人紫圭子。

六月三日。

宮崎県・大御神社・鵜戸神宮にて「聲ノ奉納」を挙行。同行詩人紫圭子。

高千穂神社で、聲ノ奉納を挙行。同行詩人紫圭子。五日。

二〇二〇年　第三一回「聲ノ奉納 in 対馬・和多都美神社　天童大人＝V⊖EME®（詩人・朗唱家・字家）」を緊急事態宣言の為、五月十七日を変更して、十月十七日、文化庁の文化継続支援の後援を受けて挙行。

日向　大御神社　鵜戸神宮にて、「聲ノ奉納」を挙行。一九日。

高千穂神社に参拝。

二〇二一年　第三二回「天童大人―聲ノ奉納　32年―」を挙行。（和多都美神社・対馬市）六月十日。

（その他、「聲ノ奉納」は、世界各地の聖なる場で、多数挙行している）

字家®としての「字」個展歴

一九八八年　「—詩の根源を求めて—字家　三童人・字聲展—詩人・朗唱家・天童大人の字家・三童人としての初めての個展」（ストライプハウス美術館、六本木・東京）。
一九九二年　「朗唱家、天童大人（三童人）の字展」（ぼくの空想美術館、銀座・東京）。
一九九三年　「朗唱家・天童大人・三童人の字展」（ギャラリー・コナミ、赤坂・東京）。
一九九三年　「天童大人・三童人の字「HITO」展」（プラザミカド・アトリウム、赤坂・東京）。
一九九四年　「字家®天童大人・三童人の字展」（ギャラリーいそがや、新橋・東京）四月。
一九九四年　「天童大人　いけ花作家　中川幸夫と語る会」二十七日。
一九九五年　「字家®天童大人（三童人）の字展」（INGO, 六本木・東京）
一九九五年　「天童大人「字展」」（美容室ボー・ギャルソン、福岡。）
一九九六年　「字家®天童大人（三童人）の字」展（コーヒーハウス・フリータイム、小樽）。
一九九六年　「字家®天童大人『Letter Scape®』展」（ストライプハウス美術館、六本木・東京　会場構成：いけ花作家・中川幸夫、協力：Alitalia)。
一九九九年　「字家®天童大人『Letter Scape®』展」（木更津市立EINSホール、木更津市・千葉県　協力：Alitalia)。

二〇〇一年「字家® 天童大人 版画集『Letter Scape®』出版記念展」(ギャラリーうえすと、銀座・東京)。

「字家® 天童大人『Letter Scape®』展」(OPP, 六本木・東京)。

二〇〇三年「字家® 天童大人『Letter Scape® -VOICE UN ENIGUME(ここに謎あり)』展」(ギャラリーミハラヤ、銀座・東京)。

「字家® 天童大人の世界」(Masion di Muse, 名古屋)。

二〇〇四年「字家® 天童大人『Letter Scape®—直識—』展」(ギャラリーテア、京橋・東京)。

「字家® 天童大人『新作版画』展」(ギャラリー・ポルトデザール、京橋・東京)。

二〇〇五年 天童大人『Letter Scape® -OVERLAY-』展」(ストライプハウスギャラリー、六本木・東京)。

二〇〇六年「字家® 天童大人「版画」展」(ライオン銀座ブラッスリー、銀座・東京)。

二〇〇七年「字家® 天童大人『Letter Scape® -OVERLAY-』展」(ライオン銀座ブラッスリー、銀座・東京)。

二〇一〇年 字家® 天童大人個展「Letter Scape® -OVERLAY-」(ギャルリー東京ユマニテ・京橋・東京)。

「字」のグループ展

一九八一年　「北の詩人たち展」（ギャラリートーシン・東京）をプロデュースする。
一九八二年　「カリグラフィ展」（画廊文化学院・東京　八三・八六・八八）。
一九八四年　「北の詩人たち展」（札幌アートプラザ、札幌）。
一九八七年　「聲を織るもののふたち展」（ギャラリーミカワ）砂澤ビッキ、天童大人、中川幸夫、村井正誠、渡辺豊重、以後、八八・八九・九〇年＋大沢昌助、酒井忠康、実川暢宏、関敏、那珂太郎、荒木経惟、（ギャラリーミカワ・東京）をプロデュースする。
一九八八年　「源初展」大沢昌助、村井正誠、中川幸夫、砂澤ビッキ、酒井忠康、天童大人　企画：夢土画廊、東京）。
第四回「カリグラフィ展」（文化学院画廊、お茶の水・東京）十一月。
一九八九年　「天に翔る男たち展」村井正誠、中川幸夫、砂澤ビッキ、酒井忠康、那珂太郎、大沢昌助、実川暢宏、関敏（ギャラリーいそがや、九〇・九二・九三・九四）を、プロデュースする。
「ウル・カリグラフィ展」（銀座・櫟画廊）。
一九九〇年　「陶×版×字展」（小沢楽邦×知念登治×天童大人・企画：櫟画廊・小林真砂子）六月
一九九一年　「作家たちの字歴書展」村井正誠・中川幸夫・酒井忠康・実川暢宏・那珂太郎・大沢昌助・

関敏・麿赤児（ギャラリーフレスカ、東京　九二・九三・九四・九五・九六・九七）を、プロデュースする。

一九九六年　「日本の作家色紙展」（日本ペンクラブ主催、京王プラザホテル・ロビーギャラリー。東京）。

第一回「もののふたちの字歴書展」酒井忠康、坂倉新平、実川暢宏、関敏、天童大人、中川幸夫、那珂太郎、村井正誠（アートサロンアクロス、東京）を、プロデュースする。

一九九九年　第二回「もののふたちの字歴書展」石原悦郎、酒井忠康、坂倉新平、実川暢宏、関敏、天童大人、中川幸夫、那珂太郎（アートサロンアクロス、東京）を、プロデュースする。

二〇〇〇年　「目黒区の美術・書一九九九年在住作家特別企画展」（主催：目黒区美術館、東京）

第三回「もののふたちの字歴書展」石原悦郎、酒井忠康、坂倉新平、実川暢宏、関敏、天童大人、中川幸夫、那珂太郎、馬場駿吉（アートサロンアクロス、東京）をプロデュースする。

「天童大人・ディオンヌ二人展」（ナショナルギャラリー、ダカール・セネガル）

舞踏・小林嵯峨「月月月・みかづき・繭」公演に、字作品「月」三点を舞台展示（川口現代美術スタジオ、埼玉）。

二〇〇一年　第四回「もののふたちの字歴書展」石原悦郎、酒井忠康、坂倉新平、実川暢宏、天童大人、中川幸夫、那珂太郎、馬場駿吉（アートサロンアクロス、東京）を、プロデュースする。

二〇〇二年　第五回「もののふたちの字歴書展」酒井忠康、坂倉新平、実川暢宏、関敏、天童大人、中川幸夫、那珂太郎、馬場駿吉（アートサロンアクロス、東京）を、プロデュースする。

二〇〇三年　第六回「もののふたちの樹歴書展」酒井忠康、坂倉新平、実川暢宏、関敏、天童大人、中川幸夫、那珂太郎、馬場駿吉（アートサロンアクロス、東京）を、プロデュースする。

二〇〇四年　第七回「もののふたちの字歴書展」石原悦郎、酒井忠康、坂倉新平、実川暢宏、関敏、天童大人、中川幸夫、那珂太郎、馬場駿吉、山口昌男（アートサロンアクロス、東京）をプロデュースする。五月二日、画廊主古山康雄氏急逝の為、中止に。

二〇〇六年　小向一實・天童大人二人展（ギャラリー・アートポイント企画、銀座・東京）。
「村井正誠×小川孝子、創立 鳥の会回顧展 1980~1994」（竹川画廊・銀座・東京）。

（他にグループ展参加、多数あり）

海外「字」個展

二〇〇〇年　「字家® 天童大人『Letter Scape®』個展」（マタンサス大学ギャラリー・マタンサス・キュー

バ）を国際交流基金の助成を得て開催。
二〇〇三年　『Letter Scape®』展（フランソワ・ミッテラン情報館、レユニオン・フランス）。
二〇一三年　第二回バビロン国際文化・芸術祭に招待され、字の個展（バビロン・イラク）。

海外「グループ」展

一九九八年　「TEZINE-LIBRI GRAFICA DA UNA PAGINA-」（GALLERIA AVIDA DOLLARC CENTRO CULTURALE, MILANO, ITALY）。
「TERZINE-LIBRI GRAFICA DA UNA PAGINA-」（GALLERIA D ARTE ARTISTUDIO, MILANO, ITALY）。
二〇〇一年　「TERRA COLORE FUOCO」（CASTELLO DI SPEZZANO MODENA-ITALY）
二〇〇四年　「第四回アル・ムタナビ国際詩祭・アラブ画家四人展」（アラブ文化センター・チューリッヒ・スイス）。

写真個展

一九九一年　写真展「聲乃師―ガリーナ・ヴィシネフスカヤの素顔」（ギャラリー・フスカ、東京）を開催。十月。

一九九二年　写真週刊誌「FOCUS」の準レギュラーとして写真撮影に従事。一九九五年まで。

美術展評〈我、天才ヲ発見セリ〉

一九八五年　「美術展評」を公明新聞から依頼され、一月より一九八七年九月まで執筆。毎週月曜日、銀座を中心に画廊を見て回りながら、嘗てエズラ・パウンドが若き天才彫刻家GAUDIER=BRZESKA（二十三歳没）を発見したごとく、自分の眼で新たな「天才」を発見すると秘かに念じ、画廊巡りを続けていた。

一九八九年　渋谷の古書店の棚から一冊の作品集『DANA』(EDITION DU GRIFFON, 1988) から、若き無名の天才を発見。六月。

スイスの二十九歳の彫刻家Yves DANAを、日本に初めて紹介した。

「戦慄が走るオリジナリティ　無名の天才彫刻家イヴ・ダナのこと」（毎日新聞夕刊一九九〇年五月十四日掲載）。

一九九一年　「イヴ・ダナ彫刻展」（主催：国際教育学院・浦安市）を、三月十一日から八月三十一日まで、友人の熊谷雅明氏の協力を得て、画廊 GALLERY KUMAGAI と共同企画で開催。展示された全ての彫刻作品は、現在も日本に在る。

公開講座

パルコ毎日新聞カルチャーシティ渋谷校公開講座：UNIVERSAL VOICE

二〇〇〇年　天童大人 UNIVERSAL VOICE の世界。四月八日・七月二十二日。

二〇〇一年　～始源の声から未来の声へ～。七月七日・十月十四日。

二〇〇二年　～始源の声から自分自身の声へ～二月九日。

二〇〇二年　～聲は心のエネルギー～六月一日。

二〇〇三年　～聲は心のエネルギー～一月二十六日。

VOICE WORKSHOP（新潟）

二〇〇九年　第一回　クロスパル新潟　音楽室（新潟市）十二月二十日（日）。
二〇一〇年　第二回　末広屋（新潟市西区）六月二十日（日）。
二〇一〇年　第三回　木揚場教会（新潟市・中央区）十二月十二日（土）。
二〇一一年　第四回　木揚場教会（新潟市・中央区）六月二十六日（日）。

universal voice workshop（金沢）

二〇一一年　金沢市民芸術村　Pit 一（マルチ工房）十一月十五日（火）。

クリスタルスィンギングボールの会

一九九二年　日本で初めてクリスタル・スィンギングボールを楽器として使用。（ギャラリー・コナミ、赤坂・東京）。
二〇〇九年「クリスタルボールでのセッション」（Lulu・Ten 新潟）九月十一、十二日。
第一回 UNIVERSAL VOICE®公演　天童大人「肉聲とクリスタルボールとの宴 in 新潟」
企画・主催 Lulu・Ten（蔵織、新潟市）十一月八日。
二〇一〇年「第九・一〇・一一回　クリスタルスィンギングボールを浴びる会」（Lulu・Ten　新潟市）

一月二十二・二十三日。
「第一・二回クリスタル・スィングボール　with Consciousness」（Lulu・Ten　新潟市）
二十四日。
「長野でクリスタルスィングボールを鳴らす時」（観音寺本堂、飯綱町、長野）七月
二十五日
「天童大人　詩人の夜―浜辺にて」主催 Lulu・Ten nef（小針浜・新潟市）九月十日・十一日・
十二日、三夜連続公演
「クリスタルスィングボールを浴びる会」主催 Lulu・Ten 木揚場教会（新潟市中央区）
十二月十一日（土）

二〇一一年
第五十一回「クリスタルスィングボールを浴びる会」主催 Lulu・Ten 木揚場教会（新
潟市中央区）六月二十六日（日）。
「クリスタルスィングボールを浴びる会」（Lulu・Ten　新潟）六月二十七日
「クリスタルスィングボールを浴びる会」（Lulu・Ten　新潟）七月三十日〜八月一日。

講演

一九八五年　「聲の力について」共演・ダイアン・セイア　主催・大田区立小学校図工研究会、大田区立久が原小学校）。

二〇〇五年　研修プログラム第一講座「聲が好きなら、その人も好き」（主催　生命保険研修士会、生命保険修士会講堂、有楽町・東京）六月四日。

二〇〇八年　「『UNIVERSAL VOICE®』は、世界を撃つ！」（和洋大学　英語・英文学類／英文科ポエトリー・リーディング・セミナー）二月十日。

二〇一三年　第二一回文芸トークサロン「肉聲と文芸と」詩人・作家稲葉真弓と対談（日本文藝家協会主催、東京）十一月十五日。

二〇一四年　映画「華　いのち　中川幸夫」監督谷光章（東京都写真美術館ホール・恵比寿）の上映後、ミニトークを行う。六月十四日。

二〇一五年　特別企画「天童大人　―ビッキを詠う―」（洞爺湖芸術館・北海道）。

二〇一八年　映画「華　いのち　中川幸夫」監督谷光章（東京都写真美術館ホール・恵比寿）の上映後、ミニトークを行う。八月三十一日。

座談会

二〇〇七年「座談会—詩人の肉声」白石かずこ・天童大人・田川紀久雄・小川英晴・長谷川忍（司会）八月二日「詩と思想」八月号に掲載。

二〇一五年「梶川智志・千野共美展—オマージュ中川幸夫—」ギャラリートーク（梶川智志・千野共美・実川暢宏・笹木繁男・天童大人）TS4321・四谷・東京　七月。

二〇一七年「感動は聲となり、聲は人の心を熱く動かす—天童大人の生き方—前後編」（小川英晴の新アート縦横No19天童大人×小川英晴）「GALLERY9・10」九・十月号に掲載。

二〇一九年「特集　詩人の聲　座談会—人の聲が好きだから　根源は好きだから」禿慶子・神泉薫・竹内美智代・西端靜・友理・天童大人・長谷川忍（司会）六月十五日「詩と思想」十月号に掲載。

受賞歴

二〇〇七年　エクセレント賞（第一〇回「アフリカ・セネガル・サン＝ルイ巡回国際詩祭）。

二〇一八年　国際 KATHAK 文学賞（ダッカ国際詩人サミット2018バングラデシュ）。

所属団体（会員）

一九七三年　スペイン山岳協会（スペイン）。
一九八二年　日本ペンクラブ。
一九八六年　ヘンリー・ミラー研究会。
二〇〇〇年　国際詩アフリカ協会（セネガル共和国）。
JOAL-FADIOUTH 村名誉村民（セネガル共和国）。
二〇〇八年　日本文藝家協会。